U0054725

晚安台北

木焱

詩集

序詩　年代

一九七六年五月二十三日，我誕生在馬來西亞
柔佛州新山市的「飛機樓」醫院
爸爸給我名字：林志遠（簡寫是林志远）
馬來文叫LIM CHEE WAN，報生紙上的名字
長大以後，我給自己取名：木焱
英文ＩＤ叫muyan，ＢＢＳ上的名字

林志遠在小學二年級就拿了
數學比賽第一名，獎品是24色木彩筆＋獎座
四年級拿到數學比賽第3名
只有獎座，六年級拿到籃球比賽冠軍
只有獎牌，並且順利考上有名的寬柔中學
靠海的學校，離開照顧我6年外婆在淡杯的家

初中一林志遠暗戀鄰家大姊姊，那時才13歲
初中二與同班女同學四目交接快一年
開始以她們為對象幻想愛情
初中三不懂得《有人》，讀不出《雪的可能》
改看席慕容，寫「等待讓人蒼老」的詩句，天花一般
巴金是偶像，故事結尾一定是男的自殺，女的情傷

高中一年級念理工科，因為沒有純文科
數理化佳，馬來文乙下，華文背多分
拿到英語歌曲模仿比賽安慰獎，模仿〈This Magic Moment〉
高中二拿詩歌朗誦比賽第二名
朗誦〈長城謠〉，8分鐘的長度
是傳承得、余光中、席慕容的綜合版，哈
第一次和詩那麼靠近，用嘶喊與繃緊的手姿，啊長城

同年，小說〈乘風的紙鴿〉在自殺念頭下完成
那雨天十分頭疼，我相信林志遠在那一天死了
（白先勇般寂寞的17歲，那一天死了）

請好友劉迪塑用毛筆寫出「木焱」，木取自林，焱代表火焰
開始用木焱寫小說，寫死亡，寫〈奔跑的小丑〉，結局便是
男的自殺，女的情傷，沒有快樂幸福的日子
看不懂詩，還是寫了一疊詩，情情唉唉
整疊拿去投稿，像衛生紙，每天收退稿
統考倒數，物理成績不及格，35分
名次終於滑落，死了的林志遠畢業了，第2階段

一九九四年十月，找著新加坡一份工作，當電子操作員
工作雖然開心，但身體很臭，坐車來回很累

在冷氣廠房裡流汗，在機械油裡撈鋁屑，常受傷
一九九五年七月，我離開，先是工廠，捨不得
二個月後，我離開，到台灣，中國的一部分？
踏進林口僑大先修班，家不見了
第一次用台幣，看到國父在紙鈔上苦笑，第一次
吃排骨便當，喔，包裝水也不一樣了，
百事可樂兑換馬幣1塊3毛

初戀對象是吉他社認識的
香港女生，歌聲美妙，很愛玩
我給她花及音樂盒，要做男朋友，很緊張
我的初吻給了她，很高興，那是1996
20歲，終於「2」開頭了，好像該長大

又不知道為何長大，狂吻她，擁抱她
在我還有很多問題時，她被一個女生搶走

我畢業了，這次是僑大，一年就結業（舞會之後沒再見到她）
分發到台大化工系，傳言中的大當鋪，可是
我喜歡化學（蠢！不知道化學系和化工系的差別）
反止選了就不要後悔，第一年就後悔了
當了四科，最慘的是日文3分，物理5分，為甚麼
第二年當了三科，我用通識來逃過2/3
決定轉系，老師幫了我，成績不夠，就是不行
轉到無系可轉，轉到BBS寫詩，遁逃的階段

一九九七，香港回歸那年，我又戀愛，而且
寫詩、畫畫、唱歌，迅速的

我又失戀，剩下詩和恨
暑假打工做保全，夜班抄詩集提神不然怎樣
終於看懂林泠詩集，余光中也不是難題了
用muyan在大紅花的國度詩版潑作品
認識一群創作的朋友，叫「豁亂」，畏生，少出來聚

一九九八，22歲前一月，蹺課寫詩
愈寫愈長的，便是〈2〉，寫了3天，哪裡要停
結尾完成，我的22歲生日，是一首詩耶，很難講很難解釋
〈2〉得獎，入選87年度詩選，
被中學生拿來模仿、討論、朗誦，我也朗讀過一次
在99年文藝營學員圍成一個圈，我盤坐如2唸著
長長長長的2，好像不會停止的2

99年，我去了墾丁，與海水絕緣四年
我先回歸太平洋，然後再與南洋連接
這樣也可以聯想家，因為好久沒有家書了
都打電話來，媽媽說的全是表哥表姊們
的婚禮，鄰居老人的喪禮，問我
好嗎，還有錢嗎。不能交女朋友喔(學業第一)

沒錢的時候，我就去做保全，站過馬偕、天母、金華百貨
發過傳單，做月餅臨時工，圖書館工讀生，建國花市最久
在漆黑的金華百貨值夜班，撿濃特利垃圾桶
的漢堡吃，躺在冰櫃上睡覺，才不熱
抓一隻老鼠賞五佰塊，我一隻都沒看到
台北車站內的金華百貨，小姐都認識我
我也喜歡了一個，送花及手抄詩集，還有夏天的傻勁

終於，我也打過工了，也談過戀愛（包括失戀）
被當過了，我間斷地有詩寫，用muyan潑出來
「木焱」投稿毛毛之書，第一次在台灣日報刊出
高興嗎，是6佰塊錢的程度，還是8佰塊的程度
木焱開始和我打交道，他想要存在比較久，一直寫
我很少出現，除了考試、上課，以及蹺課

二〇〇〇年，我在明日工作室混了9個月，寫了一些看圖說故事
騙騙稿費，養活自己和交往2年的女朋友（多少養一點）
二〇〇一年，木焱逼迫我修完學分，到原分所做閒差，一邊讀哲學，
天天上網，一直都沒有錢買電腦的人，木焱卻被賜為網路詩人
他沒有電腦還是書寫，又畫畫了，還搞藝術行動

他喜歡思考新奇的概念，趁著睡眠夢見它
他想知道一直寫下去的後果，是甚麼
靈魂是在哪一段會出現，用紙不夠了
還想要接著寫，他就接著寫，冒險著
沿著前頭的筆勢，男人的自殺式，女人的
情傷式，他記得巴金曾是偶像，可是
他現在的偶像是蔡明亮，有性癖好？的導演

兩個小時後，他寫完手上僅有的稿紙，最後一面
多麼流利多麼快。如果畢業也那麼快就太好
這首詩要發表在哪裡，那裡有人看嗎
這真的很難說是詩，它根本不像詩，一看就知道
他大概會要林志遠回來幫他一腳
他可以把林志遠書寫回來，易如反掌

林志遠本來就不懂寫詩，也不存在，他只是影子
空空的影子，然後林志遠被複製，木焱躲藏
為甚麼他要躲藏，詩人的遁逃式？

二〇〇一年十月二十三日，我誕生在台北市文山區
萬盛街153號4樓的單人床上
木焱歸還我名字：林志遠（簡寫是林志远）
馬來文叫LIM CHEE WAN，居留證上的名字
從現在開始，我又是林志遠了，並且已經畢業
多棒！我不會寫詩，這些頂多是一則故事，有關我和
一個叫木焱的關係，有點兒曖昧，因為他在躲藏
他在我體內，不知道是死是活

CONTENTS

輯二 我是一件活著的作品

輯三 台北，台北

輯四　她們以身體交換詩

輯五　秘密寫詩

輯六　寫給雨

輯七　面向大師

目次

外面的世界有一條遙遠的路。
我還年輕，我渴望上路。

輯一

灰燼的自白

雅房・招租

誰要住我隔壁
隔壁沒有蟑螂、蜘蛛與壁虎
透風、採光好、可以畫畫
印象派的樓梯，我住四樓
五樓有涼風，可晾晾你的失意

每月瓦斯費均攤，熱水加冷水，
我們叫做給靈魂洗澡
廁所馬桶有大家的美麗臀形
每晚的夢遊是由螞蟻帶領

一個月三千八，三坪大，現實不必簽約
住在酒鬼我隔壁，有Whisky，兩種
Whisky、琴酒、龍舌蘭、還有Brandy

和Johnnie walker，當然，夏天，喝涼的
Asahi Draft Beer最爽

屋子近師大分部，騎自行車
三分鐘到來來、佳佳、僑興戲院
十分鐘到台大，紅燈需要時間思考
附近有小雜貨店，物品髒亂但齊全
老闆娘找錯錢時，一定跟人在聊天
萬隆路口旁還有全聯超商、便當屋、小吃店
珍珠奶茶舖子、牙醫診所、傷骨中醫

地址：萬盛街一五三號四樓（非頂樓加蓋）
我去年十月在這裡寫出〈年代〉
或許你可以嘗試寫出不一樣的東西

這裡住的都是男生，溫馴，不會咬人
院子的狗卻有點兇，愛狗人士住
不怕半夜被現實吵醒者住
厭倦詩，不作夢，不搞觀念藝術者住

請撥093645×××，找林志遠
我不是房東，只是義務幫忙
目前可遷入，一個月三千八
你要住我隔壁嗎
你要就此破壞一直以來的揣想
從此清楚地盯著我進進出出
生活的細節的原來如此這般而已嗎

雅房．招租

歡迎各類人士

我要在一堆2中尋找我的歲數，
我的分數，我的時間，我的睡眠，
我的學分，是很難的，我微積分又
不好，一堆2總有的面積，很難講，
很難解釋，雨滴的體積也是，我是
交卷了，鐘也敲了，同學也走了，
我擦掉的2沒人去掃，我擦掉的0
還留在座位上，2片雲，2個夜，
2次驚醒，有多少隻腳，很難講，我要
在一堆2中尋找我的愛情，我的
母親，我的童年，我的妻子，是很
難的，我微積分又不好，算數不好，
一堆2總有的體積，很難解釋，淚水
應有的面積，除以2，加2，乘2，減2

2

都不符合我算出來的循環數，
我的生日蛋糕上的蠟燭長甚麼
樣子，22，很滑稽的，會叫1笑個不停
0啊，躲在1背後，他的笑聲可以積分吧
我的左邊的2，其實很討厭右邊的
他們都分開一年了，都穿不同的內褲
左邊的比較斯文，抽菸很有型
右邊那個，整天寫詩，連拍拖也要讀詩
他們的仇恨有多少，這可能要問我室友，
我頭腦不好，不會dy，dx，很難講，我會算出
一堆不明數字來，那麼1又要笑破大牙，
連0都忍不了發出格格格聲音，我的鬍子，
我的長髮，我的近視，我的夢，有關係，
要解答嗎，很困難的，我累得快睡覺了，

我的眼睛滿是數字，先把＝隔在桌上好了，
反正我明天六點就起來，一定會看到的，
又不是甚麼非常重要的東西，是兩根
蠟燭嘛，你們昨晚叫我吹熄的呀，
我仍舊想念一碗麵線，加2粒蛋，
蛋殼落在碗底，沒有聲音，不過
總有的能量總有它的去處，那麼，
這是物理的問題要數學的方式來答，
我實在笨極，連方程式也背不起來，
很難講，我的腦袋都是沙，有多少，
很難解釋的，我對阿拉伯數字又不敏感，
它要加時，我給它除，我的數學分數常常
除以10，就是那個驕傲的1，和
圓圓的0，他們在我左邊右邊，

甚至公車錢箱的硬幣也有他們
我的生活，我的私慾，我的牙刷，
我的抱枕，都有他們的口水，我微積分不好
不然一定證明他們的荒謬，無恥，兼卑鄙
很難講，他們又在笑我的無知，
我的算數總是很差，差多少
他們會問，我的身体都快縮進污水坑洞裡，
仍然想不到一個合理的解釋，所謂
合理，就是令到他們不會笑，
他們會問，這樣的答案有甚麼意義，
可是這題不是數學題目呀，多重積分
也只能告訴我們存在的空間，
我就是不學無術的小子，甚麼都不懂
連最簡單的微積分都不懂，

還有甚麼比這個更糟的，
明天就要考試了，我的課本，
我的習題，我的考卷，都有2，
很多2，也有1，還有0，2最多，
草莓的，巧克力的，薄荷的，榴槤的蛋糕
如果味道也能加起來，我寧願用功一點，
我的算數就不會輸你們，我會是第一，
我把昨天的夢加上今天的早餐，
我把下午的零食乘上晚上的失眠，
我把一大堆中文字排成摩天樓，我有算
一共一千九百七十六層，還有五架升降機，
23個逃生門，要是失火，一個門能讓多少人過
多久才能疏散大火中的2，太多2一起燒，
狂燒22個月，一點都不覺得累，

他們散出來的能量到底是多少焦耳，
我的微積分影響我的物理，
沒有觀念，沒有公式，一大堆的條件
等著我去挖掘，我的生日蠟燭也在燒，
沒有理由地還要燒下去，
一直燒到地下室，
動到泥土，燒下去，動到泉水，一直到地核，反正
我微積分是真的不好，我不管這些字他們會怎麼說，
反正我考卷都交了，同學也走了，而且
鐘也敲了，還有哪一題沒有算好，算出答案，
很難講，一堆中文字的體積的算法，很難講，
很難解釋的，我的想法，我的憂愁，我的詩，
就是有一定的體積，反正我都第22次答錯了，
就容我瘋狂的拼排我的生日蛋糕，

我的青春，我的９７９６，我的
１和０，都被２２２２２２２２２２２２２２２２推下去了，
動到海水，動到鯨魚，很難講會一直到遙遠的遙遠
我的微積分不好，水的容量，可以算嗎，
可以算吧，如果我的微積分真的不好，
那麼，你先算算，再告訴我答案，
要一個答案就好，太多就很難講，很難解釋的，
我的微積分不好，我的物理也不好，我的詩不好，
很難講，我的記性不好。

灰燼如果自白

很可笑的抽一根菸吐出一縷煙
在啤酒罐開口裊裊升起
吸進一口鄉愁的進口菸
吐出一口寒冬的異地魂
啤酒沒醉氣氛先臉紅
送妳的玫瑰耐得住幾天的催老
杯子早有歲月的黃漬
髮絲混雜來路不明的沙
蛛網黏不住龐大的虛無
吃完晚餐馬上變得無助
連狗吠蟬鳴都來自心底的枯井
外面的世界有一條遙遠的路
「我還年輕，我渴望上路」
發牌後拿忠貞的愛下最後一注

呷一口回不去的相思
嗑一口迷亂搖頭的未來
直挺挺地讓夜光斬斷身影
衝撞溢流黑油的空屋
火苗會帶來死亡帶走黑暗
再沒有人知道我的歷史

註：「我還年輕，我渴望上路」是美國垮掉派（Beat Generation）重要作家傑克・凱魯亞克（Jack Kerouac, 1922-1969）名言。凱魯亞克生活方式放浪不羈，主張「自發的、一氣呵成」的寫作方式，其代表作《ON THE ROAD》是作家於一九五一年在嗑藥下，用三個星期在一捲三十米長的打字紙上寫成，影響美國至今。

長堤之戀

我在果汁機裡形成
流體是酸澀的

在不去皮的護照本子
肅裝的巫文飛躍過

無法斷句之長堤
愈往南晚霞愈苦

誰能拿出自己的骨頭算命
誰跟隨烏鴉的陣列蹀躞
誰的迷宮內死了一隻蝴蝶

天氣預報：
午後雷陣雨
行人天橋上
兩隻八哥鳥
正在踱步
我走近它們
它們走向邊界
它們知不知道
自己不會死
往下跳
飛到
低窪地的甘榜
馬來小孩
準備打水戰

新山

他們的父親
擔心
淹水

註：
1.新山是我居住的城市。
2.甘榜是馬來鄉村kampung的音譯。

一年後
天氣照常預報
午後大雷雨
我走在人行天橋
經過底下甘榜
不聞小孩歡笑
木屋靜悄悄

一張貼在巴士站的
徵聘廣告
缺角飄飄如羽毛
八哥鳥呀
大概都去了上面的地址

甘榜不見了

工作
而忘了飛翔

後記：去年八月，我為新山八哩半一處傍河的低窪地甘榜寫了一首詩，刊登於十月十九日的文藝春秋。事隔一年，我又由台返馬，甘榜誘發我為它再賦詩一首。兩個星期後，和方路等人直涼之旅回來，驚見甘榜全數被政府派來的怪手拆毀；如今雨季一來，四處飄散著木板鋅片，偶然間撿起一個破掉的小布偶，憑弔驟逝的風景（鄉土）。

回鄉即想

1

我收集
所有即將失去的物景
一一編碼：
每一吋髮髾
都有變白的故事
與不經事的黑暗期

2

未見過的街道
我如何置身其中
而不覺尷尬

3

吉隆坡的天空
貶值了
飛鳥的自由
被剝奪

4

那兩座比陽具
還要堅挺的塔
在烈陽底下抖落它的鱗片
遲緩的壓垮

5

長途巴士正在倒退
我的歸路往前
我站在這裡，沒有走動
任視線往前，擴張

6

一張飛機票如何飛到我手上
我怎樣飛越南中國海
飛回家鄉又飛去異鄉
如何停留在一本護照
一本正經，蓋印通過

他鄉隨想

1

你們回來了
——我過往的影子
甚麼時候從行李爬出
行李內的物件失去了你們
怎麼在陽光底下出現
你們回來侵占其他物件
的意義與生存的價值

2

那個掌印以及足跡
在缺水的台北城蒙塵
龜裂，沒人注意

每一個人都喝咖啡
聊是非到最後終於下雨了

3

必須在三餐前思考
人生的最後幾頓飯怎麼吃
我徘徊在公館一帶
耗盡創作之餘的精力
才坐下享用一份快餐，

4

這裡，現在瘟疫
我希望離開
離開死神的他鄉

家鄉的榴槤纍纍
成熟後掉到瑠公圳

5

土產與土產對決
日常與平常吵鬧
歸來不爽歸去
究竟要怎麼樣
結束十年的漂泊
與爾後一個繼續的人

6

我站在夜深人靜的鄉愁
準備開槍自殺

在高速公路上

我來自馬來西亞
目前沒有駕駛執照

去過最遠的地方是Kuala Lumpur
我在台北騎腳踏車上班

曾經滑倒幾次
爬起來在高速公路上

我拍拍屁股忍著膝蓋的疼痛
渴望等一下就能見到媽媽

車子離車子好遠好遠
公路上沉痛的繃帶

我聞到一股截斷的青草味
我看到一群開心吃草的牛
心想很快就能見到媽媽

我第一句話要說：
「高速公路上有一隻蝴蝶。」

我是你心中活著的一件作品
活著　但不快樂

輯二

我是一件活著的作品

「物來了」
「請卸下霧」

「啊，你的懷錶還在這」
「碼頭的時間太深，對不準」

「霧
來了」

「撈不到鐫刻細緻的髮」
「白浪拍打海鷗的手」

「拉起船錨，大海啟航了」
「重得像霧，妳說的霧」

西岸旅客碼頭

「鹹魚味，行李的內容」
「該洗洗了，都是相思的臭襪」
「發動那個隱情試看看」
「希望今次拉起的是大海」

黃魚誦

一尾黃魚呢
或許離開大海沒多久
或許經歷過從所未有的變遷
它和其他魚類鬼混一起
跳躍在潮流的網眼中
銀亮的魚鉤還是頭一次看見

一尾黃魚呢
或許才衝破油污的巨墳沒多久
或許學著看懂腥紅的喊話與手勢
被撈起後它第一次咳嗽
在碎裂的冰陣裡它瞧見蝴蝶
像它在水中一樣漂亮飛快

一尾黃魚呢
它聽到了生命金屬性的鏗鏘
躺著的魚族陸續被分屍
碩大的黑影　四散的鱗片
通亮的假太陽在閉室內裸露尖牙
滾燒著傷痕累累的魂魄

一尾黃魚呢
或許還披著閃亮的鱗片
現在貼上標籤被載走
它努力衝破濕冰上的掌印
僵直的身體終於翻落
在陰冷的黑色柏油路

一尾黃魚呢

或許正高興計畫著蛻變、偽裝、生存下去
一輛逃亡的車子在前方打滑
翻了好幾個口號式浪圈
它想或許能幫上甚麼忙
譬如說按住旋轉的地球儀

破車像牙膏般擠出逃亡者
黃魚被壓在一把土製手槍下
眼汁噴向槍口，它看見他
黃皮膚　黑眼珠
眼珠血絲，就快要死

在這顆眼珠最後的閃光裡
它知道了餐桌、金錢、女人、流血的事件
或許還看見死亡和生命對照的臉
它知道這條路寬大靜默如黑潮
可以溯遊回家了嗎

他也曾經是一尾黃魚呢
如今橫死在道路中央
更早之前
離開海面的時候
或許可以選擇沉睡為海底的青光
或許被噸重廢料埋葬身世

而，我——
寧願是一顆嚴重扭曲、不能受精的
壞卵

發麻的毛巾
電動的盥洗盆
你是早晨的初醒
一切待續的步驟
耗電　偌大的
鐵盆
一只死鳥

終究

我們銜著孤獨寫詩

我銜著孤獨開始寫：
（寂聲。。。）

『熄掉星星
我蹣跚步進臥房
斜靠死去的門檻
突然想跟黑夜借點光
拍張遺照』

『梳理晚風的髮　宛如
晚風纏抱的樹』

『聽！
悲涼的樂音啊
來自體內呻吟病弱的收音機』

『一把鑰匙插進左心室裡
車輛碾過膨脹的小城故事』

『割破臉
拿血
吃』

『已經死亡了嗎
孤獨要靜一靜
乾淨的刻刀

抬頭
瞪著
無法描寫的黑暗
擠在喉結的最荒冷部位
哀嚎
』

『妳銜著孤獨的語言落下』

孤獨中我們不講話
他們起身離開
穿走一件又一件　的
背影

（寂聲。。。）

（寂聲。。）

（寂聲。）

（寂聲）

魔幻的森林
著火了
動物挾純真的火苗
逃亡

你在七彩天雨頂端
離上帝剛好一首詩
的距離

眼看一座島嶼森林
燒成石頭
石頭的內軌在風的掌心

你離現實太近

——死了一個
建中學生之後

你的臉　青澀的皺紋
上帝是不知道的
誰在安排這萬條光亮
的行蹤

你預備馬上逃走
前方有人挖掘
對與錯的陷阱
你沒有回答
只是等

等到曙光昨日一樣升起
現實的謊言不再神秘
上帝是醜陋的玩偶

把你擺在旋轉的十字
架上

你離現實的上帝太近啊
為你，我欺身與現實談判
再一次流完身上的血液

你在前方指引風
雙腳繫著傷痕
再遠一些
只一首36行詩的距離
風箏停滿
整片曠野

動物們會出現
美好四季繁殖
純真的尾巴即將露出

馬克杯子

杯子叫馬克
他以優人的身段，深赭的膚色觸動了J的目光
一個馬克杯還經得起觀眾雙手的蹂躪，要十分堅強面對
每一個有心人無心泄放的唾液。口水惡臭難受。
他知道。所以要求服務員特別加上彩色蝴蝶結加上香水卡片
加上掛號，[這是馬克和我相遇前的命運]

馬克之前，我失過戀，一次像白開水的愛情
叫我容易隱藏於晴天白雲中，嬉戲
一種我很不擅長的追逐。還有化妝。
我不瞭解若是裝扮成烏雲卻不下雨，
若是裝扮成自己卻不
屬於自己……

我順時針的憂傷渴望高溫的胸膛
嘗試刮起濃重的罪惡，順勢把心事吹走
我故意不像以前的風煽動寂寞的冰冷
我很冷靜地趨前，很冷靜地退後
中間的部份，馬克說，
留給他來填補

馬克來了以後，我的生活是一包包即沖麥片
那種情愫，馬克說，只有他能夠給我
我知道。如果夜晚到來
那種懼怕的心理再次飢渴
那種黑咖啡不慎淤濁稿紙的不安中
我們一起醒著

早上，我喝透明潔淨不生鏽無味無臭可以蒸發的水
牙膏的薄荷清香令我比較清醒
然後，馬克醒來，他先吻遍我的嘴唇，才讓我問候
他，昨晚孤伶伶站在無亮的燈柱下等待沒有出現的等待
一個人斜靠在一根繼續下降的匙子
瞪視窗外欠他一輩子的夜色

我總是先把杯子燙過。總是
走在夜晚的前端站在飲水機旁喝水
總是用熱水燙傷杯底
再濾過冷水叫醒。總是
我總是來回汲水
往生命的源泉

J在信中說，
他送我的那支杯子不幸在亞細亞的天空中自殺了
屍體殘骸還躺在他的桌上。
他說會找醫生複製一個叫馬克的杯子。
叫我先別把生命解凍
最後，祝我生日快樂

我是一件活著的作品

誰來詮釋第一道光
鐫刻那地上的黑影

我是一件活著的作品
帶著黑暗行走
在光明的城市逗留

偶爾呼吸
活著並不快樂
我為作品而活；為理想
我呼吸

街燈總會熄滅
城市熄滅
帶走光亮熄滅

在末班的巴士
我為鄰座一位乘客
寫了詩

我是一件孤獨的作品
覆誦我的存在

誰會來和我交談
一件昏昏欲睡的作品
連目的地都忘卻了

我們經過修復的公園
繞過興建的大廈

沒有一個地方熟悉
夢裡也不曾出現

而作品裡面是甚麼樣子的呢
對於平凡，我加入許多「快樂」
你說：我並不平凡

對於不平凡，我刪去過多「災難」
你說：我只要快樂

我是一件尷尬的作品
不斷地打噴嚏
咳嗽來掩飾我作人的不足

那些坑洞的道路
靠甚麼來填滿
那些因為錯過便注定
一輩子的深淵

那些文字
撕毀的日子和揉皺的情感
不是一首詩就可以表達的

面對你
也是一件作品的問題
我盜用了「死亡」

敘述那美妙的生命
背後總有一種虛妄的東西

在地上照不出影子
在心底卻是沉重的
一段講述失去的文字

終究是你，我又來到這座城市
這座城市有一班車
車上僅剩你

我是你心中活著的一件作品
活著
但不快樂

讓夜只剩我
只剩下虛寒一個我
其他物事都去發揮了

譬如時間
在城裡每一盞夜色
交響

譬如夢
對睡眠者開了槍
繞過山林
躲進一座明亮的動物園

譬如死
將它的電池拔起
流出生鏽的虛寒

讓夜只剩我

讓夜開向沒有盡頭
我暴走的大動脈

譬如干瘡
一個軀體的我
周圍飽滿的海潮
魔幻的雷雨
歡樂正裸奔啊

我是過夜虛寒一顆星
透明在水裡

在流傳的典籍裡
我是虛寒過夜的星
穿越每個大時代的指尖

過年

季節在更衣室
脫下老殼
我們正蹲在水溝邊
撈魚

摺起夜晚的嫩葉
靠近嘴邊
深——呼——吸
月亮吹了出來

射一支漂亮的華年
璀璨映在孩子臉上
心底失火
在一片歡騰中

甚麼也別說，親愛
在這裡，接吻是最好的告白
吻別後的台北又將晴朗

輯三

台北，台北

窗外

城市的窗外
大雨擊退了飛鳥
人行道被汽機車的板塊推擠而
隆起
每個樓層的生活瑣事
都掩面而來
明日或許有太陽
可以曬曬哭泣的外衣
可以出門走走
路上撿一顆青蘋果
往童聲的街角巷眼擲去
我的青春將給我
回音嗎
踩著雨後的訊號燈

螞蟻徐徐爬上
來
在疾病的黑痣上
打了深深一個哈欠
生命有點癢
是雨的關係吧

1

那天空
有像牛奶香嗎
同樣的純白
在湛藍的空中海洋
海面下映著一座城市
縱橫的黑線　與
凹凸的盒子
還有那些緩慢飄移的色點
如海一樣藍的天空下
映著一個真實的抽象畫
雲朵變成恐龍
時而像媽媽的臉

台北

時而是躺著一個老人
到底城市發生了甚麼事
雲朵是知道的
它哭了很久很大聲
它哭了很久很大聲

2

那街道
學生拎著書包閒晃
陽光開得極烈
樹木都口渴
商店的嘴巴大張開
穿著新潮的年輕人
消費街上的所有景象

包括一個女孩奪去男孩的初吻
一輛違規的車子被拖走
一間咖啡館內情侶在鬥嘴
還有快要發生的花火
都在這條小小街道上
歐吉桑拄著枴杖走過
如昔一般哈欠
對路人問好
「我們很快就老成這樣」
學生拎著書包罵幹
陽光更烈
整條街快被蒸騰

整整一天
他去尋找安定
——安定的身分
安定的吃喝玩樂
安定的眼神

他尋找不可理喻的全勝
觀眾只是自己和
自己的身影
他希望聽到影子
的掌聲

整整一個季節
渴望西下的太陽

台北人

給他這個人照出甚麼
——一片餘暉
一隻歸鳥？

等候雨滴趕上巴士
在我耳邊煞車
弄濕了我的聽覺
晚上就有點爵士了
然後道路微醺
誠品半蓋眼睛
路旁的機車早都七歪八倒
台北市冷得捲起迷濛的霓虹
拎著一粒漢堡
我想：吃完漢堡，要擁抱台北
然後去嗑藥
然後毀壞自己

零件

也是四月

頂樓傳來奇怪的響聲
是哪個靈魂又在挖牆
還是記憶裡小孩的嬉鬧
四月剛到就有人離去
掃墓人最希望清理自己
而那雨那霧的倦容
在車陣的雨刷中僵持
那雨是滴答滴答地下
那霧是沒有聲響

捷運私語

城市的節奏變了
我們改搭捷運
持續詩之飛翔
陽光停靠在樟樹的鬢毛
棲息樓層夾縫偷看電視
城市裡車輛啁啾
晨曦的步伐遲緩
刷卡偶爾會故障
我的身份夾在人潮中
無 法 辨 識

下班

泡在濃濃的車煙陣中
握著的報紙弄髒了手
提著公事包加上靈魂的重量
把道路壓成重傷
交通燈壞了一隻眼
時間的睫毛左右擺動
一天的勞累在臉上打蠟
在眾人疲累成鐵閘的眼簾
我被截斷的下體
詩浸染了一路上的裂縫
還是一樣顛簸
靈光反照的
意象

另一種開始

將來不及醒來的，泡進
月來不及亮的臉，封鎖
一切回憶的鏡子，擊碎
任何可靠的景色，倒裝
留下僅供玩弄的謊
言，一種語
上下撕裂的世紀的
貞操帶，開始
流血的報復

另一種城市

鏤空的城市
是不能寫進任何憂傷的
程式
我們敲入標點
句號是誓言的圈套。
，用來填補我們愛情的傷
下午五點的天空
出現一條白色
破折號——

藥力持續。

平衡杆兩端的星星
緩緩離開
城市突然傾向惡夢
一只熔岩燒進鬧鐘
耀眼的神殿被推向子夜
虛掩的眼皮喀噠關緊
呵護的小孩都睡了
骷髏是新的子民
新的進行曲
洗出黑的黎明

另一種結束

Goodnight，Taipei

今夜，我跟你睡，台北
把濕掉的外衣脫下
天亮以後
它自然會乾

我跟你睡，因為
路上行人對我陌生
捕捉不到一張熟悉的臉孔
你說的寂寞，我懂

我不是因為慾望而來
樹葉不為晶瑩的雨漬而來
火焰照亮一切被注視的

你知道意義的深沉
速度中彼此變換了姿勢

今夜屬於雨的台北
誰將拎走誰回去睡
夢的真實在杯口徘徊
啊！溫度
懷抱之後我們該冷藏
永遠的感動

甚麼也別說，親愛
在這裡，接吻是最好的告白
吻別後的台北又將晴朗

我在途中寫詩
詩的旁邊坐著姊姊
豬哥亮在電視中
搖搖　晃晃
兩瓶礦泉水嘔吐起來

我以時速20公里寫詩
在斜坡上回行
碎石花落下
前方有一截短句
排放黑煙

前後脫節
我的詩行跳動

旅途——記921大地震週年太魯閣之遊

壓過沙石與斷枝
陽光蒸騰
形容刺針的小雨

詩突然墜落大片
難為情的大地之母
皺紋伺機違規
每件景物都開始
說故事

我在途中寫詩
誰在蹀躞的幻象中

變形　無法修飾
那眾多鄉客驚嚇
歪曲的句型

彎彎的山路
我擔心寫詩帶來厄運
靈感時而昏眩
衝破雲霧的語境
詩意原來是一株老松

旅途中有詩
在車囂間鳴出節奏
又在座位上抑揚頓挫
比握緊的快樂更快樂

幸福的綠燈向我們招手

福爾摩沙，福爾摩沙
我聚起親人的目光
來探尋妳　依舊媚麗
在柔腸寸斷的詩航裡
寫下這段異地情

雨滴把你壓矮了
你很想再長高啊

輯四

她們以身體交換詩

戰事

——給車臣斷腳的女孩

那時，我正玩著芭比娃娃
哥哥玩壞了戰車
媽媽把它丟進火堆燒

爸爸也被丟進去
一起燒啊
這個冬天才不會冷

春天來了就有麵包吃
現在我們啃著驚恐
燒著骨頭取暖

我拄著一支假腳尋爸爸
敲大家的門
門後卻是燒剩的

士兵
融化的戰車上不見哥哥
哥哥去玩兵捉賊的遊戲了嗎

有人取去可愛芭比的右肢
男聲說：「當作紀念自由吧！」
紀念寒冬裡的槍聲與哭聲

我們圍成一團
頓時變成玩具
與貢品

雨滴把你壓矮了
你很想長高啊
很　想再長高
頂起報紙的下巴
頂　痛世界新聞的眼睛
痛得鼻子流出血
你知道科索沃夫嗎
那裡的人讀著這樣的報紙
每天擦血
每天

她們以身體交換這首詩

一隻蒼蠅停在
一隻蒼蠅停在一名營養不良的阿富汗
一隻蒼蠅停在一名營養不良的阿富汗難童
一隻台北的蒼蠅停在螢幕上一名營養不良的阿富汗難童
一隻台北的蒼蠅停在一名螢幕不良的阿富汗難童
一隻台北停在銀幕不良的阿富汗
一隻台北的你停在

一隻
台北的蒼蠅
停在一名
營養不良的
阿富汗難童

台北蒼蠅

一隻蒼蠅停在一名營養不良的阿富汗難童
其他蒼蠅呢　停在阿富汗境內四散的屍塊上
一隻蒼蠅停在一名營養不良的阿富汗難童
其他蒼蠅呢　停在阿富汗境內腐爛的病床上
一隻蒼蠅停在一名營養不良的阿富汗難童
其他蒼蠅呢　停在阿富汗境內沾血的糞便上
一隻蒼蠅停在一名營養不良的阿富汗難童
其他蒼蠅呢　停在阿富汗境內一列列墳墓上
一隻蒼蠅停在螢幕上一名營養不良的阿富汗難童
其他蒼蠅呢　停在台北市垃圾豐盛的菜渣上

面對恐怖的幾個角度

仰角*10°*
一批黑頭螞蟻
被濃煙驅散
新世紀雷達強效
能讓居家安全
寧靜

仰角*30°*
花花世界的玻璃
反照街道的割痕
平日堵塞的血管
藉驚惶的彈藥
暢通了——

仰角60°
兒時仰望的大鳥
飛得極低
壓住我的喉嚨
轟！第一次聽到
大鳥　嘶～吼～

仰角90°
後現代的冬天
找到童話的入口
紐約街道下起　灰
姑娘拖著血鞋
從武會逃跑

唯美戰

軍艦停進座頭鯨的影子裡
轟炸機棲息在山巒的巢窩中
坦克在為農民犁田
部隊帶來了糧食與藥品

苦難真的忘記人民了嗎？
我唯美的記憶　又在作祟

切・割瓦拉

Che Guevara

你的名字叫
切・格瓦拉
在分裂的中南美洲大地
你是一根針
或者在一面黃牆
你是輪廓分明的
圖像

我和你並不相識
但你的眼就像我的
我蓄鬍子，你也是
我們的星星

都流著紅血
在中譯的典籍裡
你的名字是
理想的傷痕

誰在神秘的叢林　切
割瓦拉你
有呼叫精靈嗎
打一場不可能的戰
為了人民
為著理想

我自由地披上你的大頭像
穿梭在你所不知的

台北西門町
（鋼骨水泥的叢林）

切・格瓦拉
切割你自己
肢體分送到愛你的
人民的手中
沒有麵包
他們有了這塊肉
就飽足得落淚

黑夜沒敢出聲
人們流著血淚想你

哪知某一天
醒來

你的捲髮
在屋牆上暴動
一名工人抿緊嘴
顧望窗外選情

只剩下我
正視你，切．格瓦拉
無限濃烈的眼神

註：閱2001.9.4《自由時報》報導美聯社新聞：尼加拉瓜大選，左派可能重掌政權。

意外——獻給在台灣失憶的馬來西亞同胞

時針刮破記憶
寒風的臉墜毀在（你）我之間
我帶著受傷的口音探詢
：「還記得那場車禍嗎？」（你）
露出一排白色牙齒
緩緩駛出失控的舌尖
我把（你）的回答拖在地上，來回拖——
地上紅白線條的國旗逐漸模糊
月亮的眼淚烙下如故鄉乾枯的湖泊
九月的榴槤滾進（你）的病房
繃帶纏繞（你）的嘴，（你）的鼻，（你）的
榴槤破了，「幸好落在沙龍中」註[1]
我們圍睹露出的純白童年
「白肉、包吃、一公斤五零吉」註[2]

然而，一顆榴槤不該只是這樣
它有堅硬的身軀，它有烈焰的思想
它更有吸引地球的力量
然而，（你）的黑洞
捲入我們的星星
在那個沒有黏度的空間
（你）的雙手如冰冷的水沁入沙堆
嘗試抓回某種高溫與濃稠的東西
驚醒後胸前滿是噴血的鮮花
（你）不記得喜歡木槿還是百合　　註[3]
結果這個赤道國家上的雲下雪了
雪很快融埋一切記憶
大家以陌生的角色顯影　背景
滿是落髮的街巷

溫度計泊在凹陷的車身
回教堂誦經的歌聲刺痛耳朵　（你）
站在靜止的消毒藥水的面盆
洗刷寫過的情書和詩篇
習慣了飯後一支針，慢慢地
恢復以前的一些冷漠
身體不再有變化，「還記得馬來西亞的天空嗎」
木槿在枯萎的花瓶肆意流洩她的血
解除了凝結的咒語　滴在
（你）的臉　僵硬如鐵
如囚籠　被綁在失翅的窗扉
我步入病房
眼淚早已刮破時間
（你）盜用殘缺的馬來語

拄起駝背的天空　吶喊：

「Betulkah aku sekuntum awan?」（我是一片雲吧）

我還記得

記憶被捕之前

註1：沙龍，即sarung的中譯，是一種馬來傳統服裝，布料通常為蠟染布（batik）。

註2：零吉，即ringgit的中譯，馬來西亞的貨幣單位。

註3：木槿，也稱扶桑，為馬來西亞國花，叫大紅花。

註4：括弧中的你，原本為馬來文字awak。

三號客人，你們的巧克力鬆餅好了
三號客人。你們的巧克力鬆餅好　了
　　　　　　力
　　　的　克
三　人，你們　巧　鬆餅好　了
　號　客
，
三　號客　人你　們的巧　克力鬆　餅好　了

三號
客人，
你們的
巧客力
鬆餅

一個五十元

好了

（）（）（）（），

（）（）（）（）（）（）（）（）

（）（）。

no.3客人，另人的chocolat鬆餅，好了

三號巧克力鬆餅，你們的客人好了

三三三三三三三三
三三三三三三三三
號號號號號號
客客客客客客
人人人人人人
你你你你你你
們們們們們們們
的的的的的的的的
巧巧巧巧巧巧巧克力鬆餅好了
克克克克克克克克
力力力力力力力
鬆鬆鬆鬆鬆鬆
餅餅餅餅餅餅
好好好好好好
了了了了了了
三三三三三三三三
三三三三三三三三

＊紀念六四天安門事件被坦克壓成肉餅的學生＊

震動鏡頭走路來的獸

輯五

秘密寫詩

夜晚的秒針與杯中的水
透明的時間與乾淨的味

書寫手錶旁邊皮夾旁邊
鑰匙旁邊我旁邊手機旁邊

遙遠的遙遠
震動鏡頭走路來的獸

無題

無題

你坐在對面
不說話
靜靜地看書
看我的手

我的身體開始
說出影子
進一步是黑暗的
秘密

你甚麼時候離開
奪走我的心
空留身體
被蚊子吸光了血

無題

你們製造了聲音
聲音復又遮蔽
你們

今晚熱烈話題是
誰要強暴明天

乖乖地呼吸
一根菸是自由的

笑容柔美的
遠方的沙堆

海潮推動一座島嶼
一座島嶼伴歌而來

鯨

割開冰封的句子
那一串流動的詩意裡面
游著好多古早的意象
哺乳類。溫血。長著長毛
（我忘了何時垂釣
星辰不停倒逆
只覺得年輕的詩句真好）
這個時候
我領航的鯨群
帶來豐腴的骨架
用力泅進你釣勾上的詩冊
激情總是擱淺
留下一顆未成形的鹽粒

諸如蒼蠅
在困倦的視窗裡
產卵
可惡的
未知的
毫無價值的
飛的
可能也叫做生命的
東西吧
如臉上的黑痣
不知道何時要沉下
何時才肯走

瓶頸是事實

得獎

詩人預料中得了獎
詩人穿了一生中最整齊的服裝
詩人來到領獎典禮上了
詩人簽了名掛上錦花坐上位子
詩人戰戰兢兢地數著分秒劃去
詩人強作不在乎地專心看書
詩人被唱名詩人小碎步上台
詩人從欣賞他的另一名詩人手中
領過一個獎盃金光閃閃
詩人相信此時此刻比誰還要偉大
詩人相信他的詩終於有了讀者
一個讀者＝一個評審＝一座獎盃
詩人致詞很緊張地表明自己詩人的主張
詩人就是這樣慌亂中強作鎮定

詩人像宣示者一字一頓講完話底下
沒有聽眾明瞭他的話語沒有人讀過他
除了那首得獎的詩（或許也不易懂）
其他的詩作是另外一地的人在讀
詩人在異地領獎這裡沒有他的讀者只有
惜才的老評審自豪地加註評語在他詩上
詩人永遠被蒙在孤獨的鼓裡
不斷的被人敲頭
有時也自己敲響自己

鼕鼕響啊！鼕鼕響

沒有寫詩的時候

沒有寫詩的時候
桌上徘徊著螞蟻
外頭是一塊布
你的聲音是符號
白天的顏色很白
一種沒有味道的顏色
叫你嗅不出詩的
香水拒絕了好多晚會
也婉拒了詩的求婚

唉……
沒有詩來的時候
靈感打呵欠
筆抽著煙
我啊！

就無聊到隨便在
紙上自我追逐

三月被風吹走。四月就貼在牆壁上。
五月還在車禍中。記憶體只這麼。多。記憶。
生日印刷不　斷。客體。主體。否定詞。
噢　嘆不夠粉。張紙3B。收容那頂暫時。帽子。
的其餘。趕光印。2.6元／Photon。
每一張蝌蚪沒眼睛的眼睛。
每一張蓮霧沒蛀蟲的鼻子。
每一張已經進化又退化的鬍子嘴唇。
很多多很。扁平清楚的供需線上。
的均衡點。像這樣。（等待）（梵谷）的（買主）。
在六月還睡覺。再談戀愛七月。
八月、九月性在交。
十一月戴套子打噴嚏。
31號計畫再強姦一月。

OcToBeR

二月張開大腿。吐煙。

十月呢　　　拾月

拒絕原罪詩的方法

1. 提高孩子的警惕性

教導孩子一些基本語法，使他對詩人的行句有所警惕。

□不要輕易相信那些自稱是由父母派來的詩人。

□避免和那些想要碰他們的性器官的詩人單獨相處。

□不要太過輕易相信詩人，尤其是那些直覺上認為可疑的人，即使他們看起來有多么像詩人。

□不要輕易接受詩人的禮物。

2. 避免陷入危險的意象

□不要單獨在空無一人的地方玩文字。

□不要一個人唸詩集。

□當一個人在家時，不要開門讓詩人進來，也不要和詩人通電話。

□無論任何時候，都要讓孩子知道怎樣聯絡父母、或其他可負責的成人。

3. 鼓勵孩子說出……

□關于任何他們曾經看到過的、或經驗過的可疑意象、或其他不尋常的詩。

□學校里的朋友被奇怪的詩人帶走。

□某個令他們感到不安的詩人。

4. 教導孩子面對詩人的自保方法

□跑到有其他人的地方求救。

□大聲拒絕，說：不！

□告訴對方：我會告訴別人！

□立刻把發生的事告訴大人，越快越好。

□記清楚几時和在哪里發生。

必需讓孩子了解，他們不該有罪惡感，因為這不是他們的錯。
詩人總是在他們毫無警惕下出現。攫取童稚。

雷雨過後
便昇起了　紅日

輯六

寫給雨

寫給雨

寫信給雨
給明天的陽光
內容是一滴滴的晚上

聲響在屋瓦
在葉片
在粗糙的信紙

給你畫上一盞燈
不論任何情況
妳都可以看

可以分辨我給妳
不是戰火
是激情的光

漏夜打包的愛
是否會超重
拿走相思就好

妳的心是秋天的形狀

妳的心是秋天的形狀
秋天的臉是楓紅
嘆息是落葉
最後出現在妳眼底
擾亂潭水的一揮
那纏綿依舊的夕陽
與黑髮私生下的精靈

妳的言語忽然有了一絲灰白
——愛情的代價？
值得在今晚點上一盞燈
告訴秋天每一名騷客
搖曳的黑影始終最美
是最迷人的形象

憂傷

我把疑惑夾在書的中間
前往深淵上的浮萍
我扭開了妳
給晨光的微笑
意象的影子
載浮載沉
或許會有孩童經過
擲予妳抓不住的亂石
緊張之餘
我闔起了眼前的
一切
只剩憂傷
還在書頁裡
微微凸起

給靜

我將在這張紙上寫幾個字　然後
將它擱在桌上　讓寂寞的夜跟它對話
中間是否爭吵　我不知道
隔天早晨　打開影印機後　人們
又忙著複印自己的生活
我想讓妳有所紀念　就將
那幾個字印了出來
也許機器壞了　印出來的
都不是字　反而有點像淚水
不！那應該是泛著憂鬱與思念
的海洋　眼淚是很小顆的
只在我的眼眶　出　現

我們可以是大氣球了
四分之一的大氣壓力拉我上仰望的地步
今天午後的一場大雨，我就在旁邊
那流成了溪，流成了河　的
雨水，是有淚水的鹹度和礦物質的種種性質
有的部分耐燒，有的部分永恆，有的部分會沉澱
也許是肉眼看不到的微小變化
就像妳的眼睛，本來好好的
雷雨過後，便升起了——
紅日

紅日

開盞燈吧！
才可以照亮，
我為妳下了一整片雪地。

課室

愛詩

我的愛人不與我造愛
她選擇溫暖的被窩修習夢的製造
過程有些靦腆因為她喜歡裸睡

滿月她肚子疼
尋覓神秘的草藥治療
夢的綠野已然絕跡
毫無綿羊的線索
我的愛人懸掛在潮襲的峭壁

我的愛人不與我造愛
白天她和雜物事發生關係
我是最後一件滾動的東西
在我讀完詩的時候

亢奮起來的陽具太過抽象
無法擊中，她無法瞄準那種意象

我起身讀她鹹濕的影子
藉著絲絲鼻息重構她存在
我的愛人側身而睡
不打鼾，微張古典的唇

我的愛人不與我造愛
她退變成蛹，她背光
黑暗正好收買她的臉龐
乾燥的雷擲向床角，她平躺
烏雲隨即飄來，等待鐘響

我的愛人持續睡
安靜的唇角如船塢
圍捕偷渡的貓眼與白花

我的愛人在岸上野餐
在岸上睡了
她的姿態撩人，繩索綁不住
但是她不與我造愛
她等待孵化

她翻身，睡皺的夢更皺
把夜晚揉得更加難堪
跳動眼球她做夢
在肉體之外也許她造愛

我的愛人不與我造愛

讓夜只剩我

讓夜只剩我
一支手機
不足的電量
讓外太空的訊號
集中在稀光的屏幕上

讓夜剩下鈴響
讓夜不讓人們睡覺
不曾接聽的另一方
會是甚麼樣的歲月臉孔

偎著手機
貼近皺紋
微小的按鈕在轉動

生命外的我只是
一把星塵

讓夜輕輕照亮
擺脫一杯咖啡飲下
泡沫的銀河系

讓夜晚是紅燈的
讓天空是紅燈的
讓胸口是紅燈的

我是一支手機
走到死角
訊號變紅

一閃一閃
「回來，回來」

在頭頂中央
夢的迎風區
你的風箏勾到
我的天線

「您的電話將轉接到語音信箱
嘟聲後開始計費」

於是
我計算了宇宙
計算每一個星球的財產

宇宙中漂流的
一支手機
甚麼時候才能
接到你的話語

面向大師

黃昏·印象

——向天才詩人特拉克爾[1]致意

雷鼓驚起黃昏
的幾隻布穀鳥，
在烏雲密佈下
展開最後一次飛翔。

打樁的機械
敲進人們的日常，
瓦礫層層裂開
交頭接耳的希望。

閃電提早來到河口
矗立瞬時的光廊，

大地的祝禱
在晚風裡迴響。

不祥的風暴
徘徊在遠山上，
未知的嫩芽
繼續抽長。

歲月的燭芯
點亮金色的稻田，
回巢的布穀鳥
拍打天涯。

註1：特拉克爾（Georg Trakl, 1887-1914）乃著名德語詩人，第一次世界大戰期間自殺於戰地醫院。在其短暫的一生裡，特拉克爾塑造了一種獨特的詩歌風格：晦澀而優美的語言、神秘的節奏、深重的死亡與毀滅的意象，傳達出那個黑暗時代的表象與本質。

後記：黃昏，靠在14樓自家陽台，望向不遠處的溪州運動公園，大漢溪潺潺地流，工人正在建造環河高架道路。不久吹起狂風，山雨欲來，見兩三隻飛鳥白樓下行道樹飛出，飛向水岸那頭的夕陽復又繞回，同下班車潮一起返家。忙碌和規律的生活永遠趕不上大自然的變化，是以有感。此詩寫作於特拉克爾詩集的空白夾頁，並引其中詩句「不祥的風暴在小山上徘徊」。

塔樓之詩

——向荷爾德林[1]致意

1

塔樓之上
空中的床單
童年穩穩地
彈高

2

自塔樓拋出
一陣昏眩的詞語
潑灑在道路
腐蝕

3

路和樹
恒遠行走的
恒遠增長的
俯瞰　不滅物性

4

暫停
一切升降
靈魂還在裝填

5

塔樓體內
空虛的氣管
喘著殘餘慾望
咳咳　咳
一口下了班的痰

6

塔樓之下
降G大調的階梯
一直走向晚景的無伴奏

7

一只打鼾的貓
整個草坪都在顫動

8

荒地里
各式飛鳥的降落技

9

蜿蜒的河道上
一座舊工廠
吐出生活的
煙圈

10

近處
有人掐熄日頭
擲向窗外佈景
一起偶發的火警
難得的喧鬧

11

塔樓出口
猶如歧途
或群山分界
心於彼處
能以感應
樓塔之方位

註1：荷爾德林（Friedrich Hölderlin,1770-1843）乃德國著名詩人，古典派詩歌的先驅，曾被世界遺忘了將近一世紀，一八〇七年起精神錯亂，生活不能自理。

去東方

——懷韓波

1

流浪的旭日
被風載走
沙漠的擔架上
理想東方在發炎

2

女人教會你不同的語言
做靈魂的買賣，偷渡
純真、浪蕩、狂野的武器

3

你註銷了盜火者
結束與魏爾倫的冒險
在地獄裡的一季

4

曾經被自己的詩篇潑淋
傾光象徵的時候
你說出醉人的話語

5

越遙遠的地方，越近
你裡面那個屬靈的——
色彩的東方

註：韓波（Arthur Rimbaud，1854-1891），法國象徵主義派詩人。15歲就開始用拉丁文寫作詩歌，顯示了超群的詩才，17歲創作出名詩《醉船》。一八七〇年普法戰爭爆發後，詩人來到巴黎，作詩對巴黎公社表示同情，寫作著名的詩篇《讓娜・瑪麗的手》。中、後期，詩人轉向自我探索的詩歌冒險過程，人生、社會、理想、現實在詩人的心靈世界折射出黯淡的光芒。詩人開始集中抒寫自身的幻覺和體驗，尤其是後期他的詩作充滿了濃郁的象徵主義色彩。27歲時，天才的詩人隨即擱筆，中斷了文學生涯，熱衷於冒險、旅遊、流浪，曾經漫遊歐洲。其主要作品是：《獻給音樂》、《山谷的沉睡者》、《醉船》、《地獄裏的一季》和《靈光》等。

我們，聽死亡賦格[1]

——悼德語詩人保羅．策蘭

「有時這天才走向黑暗，沉入他心的苦井中。」

被咖啡黑攪動，在命運中加入牛奶攪動
有時候加糖，有時候不加
貫穿食道的寂寥，酸腐的胃囊
身體內冷冰的遺跡

繼續哀悼紅花，更多哭瘦的黃葉
風吹動沙塵旋繞在
這個荒廢的噴水池
中央的雕像斷了手臂

與遠去的藍天相映，陰雲緊盯逐放的水湄
一顆擲向不安的石子
定定地墜向苦難的深處
追隨死神歡笑的聲音

「但最主要的是，他的啟示之星奇異地閃現。」

註1：保羅．策蘭（Paul celan,1920-1970）乃法國猶太詩人、翻譯家。他是二次大戰後最重要的德語詩人之一。一九七〇年四二十日，策蘭在塞納河投水自殺。最後留在他書桌上的是一本打開的荷爾德林傳記。策蘭在其中一段劃了線，「有時這天才走向黑暗，沉入他心的苦井中。」而這一句餘下的部份並末劃線，「但最主要的是，他的啓示之星奇異地閃現。」〈死亡賦格〉是詩人第一首公開發表的成名詩作。

我將青枝插在毀約的土地上[1]

——致曼德爾·施塔姆（一八九一—一九三八）

（你的形象在霧靄中：黑太陽
獵人逮住了你，像林布蘭[2]
那光與影的殉難者一樣。）

我將在草稿中嘀咕：
我的金絲雀，我將昂起腦袋
穿過基輔
像一份遲到的禮物
也許，這就是瘋狂之始

我在天國迷了路
梨花和櫻花瞄準了我

從我手心拿去一點蜂蜜
我們將重逢在彼得堡
我們將死在透明的彼得堡

黑太陽
在恐怖的高地，一朵火焰在流浪
沉重和輕柔，一對姐妹
邁著可愛的步伐
與難以言說的悲哀

如今我陷入光的蛛網
我多希望能夠飛到
堆滿了麥秸的雪橇上

我聽見最初的冰
像猝然而至的白雲投影

我不願歸還這借來的塵土
這可愛世界的酵母
我躺在土地深處
那兒，金色的太陽是聖餐
所有的燈盞都將暗下

如今，我已陷入光的蛛網
正是一月，我將如何處置
自己，最後的晚餐
梨花和櫻花瞄準了我
也許，這就是瘋狂之始

註1：曼德爾・施塔姆（1891-1938）乃俄國詩人、評論家，阿克梅派最著名的詩人之一。此作乃重組曼德爾・施塔姆詩選中的句子（楊子譯），並參照其生平而成。

註2：林布蘭（Rembrandt Harmenszoon van Rijn, 1606-1669）是歐洲17世紀最偉大的畫家之一，也是荷蘭歷史上最偉大的畫家。

焦點對不準

——悼戰地攝影師Robert Capa

卡帕！
聽說，你留在越南沒有回來
沒有回來沖洗你的相片
你乘坐大鳥去
你拖曳降落傘而飛
你掠過被砲彈轟炸
隆隆作響的藍天
你聽到一把聲音
像貼在大地心臟，噗通低吟
已經四分五裂的哀號與祈禱
你墜落在大地起伏的胸膛上
按下顫抖的快門，仰望
那些從天而下的水母

卡帕！
聽說，你留在越南沒有跟隨部隊
回來，沒有回來沖洗泥濘的身軀
你乘坐和平與理想去
用鏡頭抵禦戰火
毫不猶豫，然而焦點
對不準人間仙境
你聽到一種聲音
像靠在門扉偷聽，步步逼近
恐懼或者繼續挺進
墜落在大地潰爛的傷口上
在觸摸不到的黑暗爆出血光
死亡塞滿你眼眶，你知道

顫抖的鏡頭滑落極權者的陷阱
焦點對到了人間煉獄

卡帕！
聽說，你留在越南沒有再回來
沒有回來敘述這片大地的過去與現在
你用相片記錄人類的殘酷與愚蠢
相對於他們創造的文明與幸福
你匍匐在種種主義的屍首
尋找一對看透萬物的眼珠
你聽到一種聲音
悅耳的歌聲，來自巴別塔的子民
牽動每一個戰士的血液
而不是激濺的彈雨

抹去鏡頭上的腥紅霧氣
看見眾生們在泥濘裡掙扎
央求為他們拍下最後的微笑
你留在這裡拍攝勝利的骷髏從此
沒有回來沖洗這血肉模糊的人間
沒有回來填充正義的底片

註：Robert Capa（1913-1954），匈牙利裔美籍攝影記者，二十世紀最著名的戰地攝影記者之一。他參與報導過五場二十世紀的主要戰爭：西班牙內戰，中國抗日戰爭，二戰歐洲戰場，第一次中東戰爭以及第一次印支戰爭。在一次跳傘降落戰地時，由於砲彈隆隆震動，造成手部抖動而拍下佔滿整片天空失焦的美軍傘兵。一九五四年五月二十五日，卡帕在越南采訪第一次印支戰爭時，為了拍照誤入雷區，踩中地雷而被炸身亡。

行為神

你盜用殘缺的馬來語，拄起駝背的天空，
吶喊：Saya adalah sekuntum awan.

——木焱〈意外〉

或許這已經不是一首詩
是我從哪裡聽來的一則傳聞：

曾經
在那熟悉卻漸漸遠離的原鄉地
一條稱作茨廠街的喧鬧市集
你從一間象形文字的書店
款　款　走　來
約瑟夫·波依斯[1]

起初我們不知道你的名
你的國籍　你的職業　你到來之目的
有人看見你化妝成
破衣衫　頭髮亂　臭得要命的路人甲
在富都車站內逐一翻找城市的垃圾
帶著哪些政治意味
哪些陰謀詭計
你收集，一一標示價格
待售

你藉藝術叢書內的照片重組魂魄
出現在《艾蜜莉的異想世界》
這部電影很多人看
它宣揚了愛、正義與自信

你帶來那只帝國主義的野狼
在戲中偽裝成貓
野兔子呢，升天變成祥雲

你拍照，用黃油讓真相浮出水面
你計劃參選下屆巫統黨主席
這項行為藝術很好，可惜缺錢啊
在南北大道的分隔島
你倡議道路都鋪上鄉土
種下各樣熱帶果樹例如紅毛丹、榴槤與山竹
這件環保藝術也不錯，為什麼偏要把樹推倒
你不明白，氣得把藍天塗抹成黑暗

在黑房子內狂奔跌撞
制造受傷和暴力的聲音
卻又將自己的嘴巴縫合
波依斯，你在反抗緘默
一種無邊界的恐懼想像還是
不甘心他們將真理隱藏

你不甘心
抓起死兔子講了一天的道理，戴起長鬍鬚
模仿詩人Usman Awang[2]頌讚美麗山河
啊，我最親愛的家園！
他們卻懷疑一名詩人對待土地的情感　因為
你的名字　你的語言　你的膚色　與他們不同

約瑟夫．波依斯

誰能體會這件行為藝術的真諦啊
你揮一揮毛氈西服的衣袖
下定決心降世在甘榜的一個馬來家庭
因為未來，這首詩以後
你要述說這塊土地的歷史

註1：約瑟夫．波依斯（Joseph Beuys, 1921-1986）是戰後德國著名的觀念藝術家和藝術教育家，其影響遠遠超過德國的國界。他打破傳統的藝術界線，提出「擴展的藝術概念」和「社會雕塑論」；他的藝術觀是要徹底解放一切生活領域中人的創造力——「每個人都是藝術家」。他曾計劃多項行為藝術表演（亦或說行動藝術），比如帶領民眾清掃一座森林、在沼澤中游泳、把自己和一隻野狼關在一起題為《荒原狼：我愛美國，美國愛我》、對死野兔解說藝術；他更喜好用黃油創

作裝置藝術，自己常穿的毛氈西服也被複製展覽在美術館。今德國黑森州立博物館收藏了波氏的257件實物和26幅素描。

註2：已故國寶級馬來詩人烏士曼・阿旺（1927-2001）。

我現在知道誰是艾未未了

沒有人問過我誰是**艾未未**
我以筆名發表詩作與言論
發生在二〇〇八年的西藏暴亂
我是唯一用詩去鎮壓西藏的詩人
可我不知道有個大胖子
他用藝術在鎮壓暴力的軍隊
用藝術在弔慰川震的學童
用藝術在分析中國內政的毒奶
沒有人問過我誰是**艾未未**
現在我知道誰是**艾未未**了
他是一個搞藝術的留一把大鬍子
他爸爸是愛國詩人艾青
溫家寶曾經朗讀過艾青的詩
他是中國藝術文件倉庫藝術總監

他是北京奧運國家體育場鳥巢的顧問
他是在二〇一一年四月三日北京首都國際機場被捕
從報紙、書刊、電視、博客、維基百科
我知道**艾未未**至今下落不明
沒有人問過我他現在人在哪裡，
犯了什麼罪，是否還活著
沒有人敢問我這些問題在中國境內
沒有人會看見**艾未未**在問整個中國
沒有人會看見整個中國在審問**艾未未**
整個中國看不見一個維權份子
追求的自由、平等與正義。

後記：我多麼希望他們追隨詩

直到現在，我仍時常問自己：「詩是什麼？」這是一個屬於個人的問題，不假他人。而我也知道這個問題不會有標準答案，就像你問我愛不愛你，我的回答是：「今天或許愛，明天就不知道了。」

如果，我連「詩」都不知道是什麼，憑什麼自稱「詩人」，又稱這些寫出來的文字是「詩」。我無法理性地給出答案，不過我能感性地告訴你們：我感覺到了詩。對，那就是詩。

詩是美好的，它帶來美妙的感覺。詩是靈性的，它和我的靈魂對話。詩是稍縱即逝的，永遠只捕捉到它最美麗的時刻。詩也是靜止的，以致人們根本察覺不到它就在身邊。

後來，我大概搞懂了，「詩是什麼？」應該是「詩就是什麼。」

它可以是萬物，端視創作者當下的感知，尤其是感受的程度。比如說，我現在想的是一條月河，那麼詩就是一條月河。也正因為你現在不在我身邊，我想著你，所以詩就是你，你就是詩。

你是愛情，我的追尋。

讀詩人68　PG1436

晚安台北
——木焱詩集

作　　者	木　焱
責任編輯	林千惠
圖文排版	楊家齊
封面設計	王嵩賀

出版策劃	釀出版
製作發行	秀威資訊科技股份有限公司 114 台北市內湖區瑞光路76巷65號1樓 電話：+886-2-2796-3638　傳真：+886-2-2796-1377 服務信箱：service@showwe.com.tw http://www.showwe.com.tw
郵政劃撥	19563868　戶名：秀威資訊科技股份有限公司
展售門市	國家書店【松江門市】 104 台北市中山區松江路209號1樓 電話：+886-2-2518-0207　傳真：+886-2-2518-0778
網路訂購	秀威網路書店：http://www.bodbooks.com.tw 國家網路書店：http://www.govbooks.com.tw
法律顧問	毛國樑　律師
總 經 銷	聯合發行股份有限公司 231新北市新店區寶橋路235巷6弄6號4F 電話：+886-2-2917-8022　傳真：+886-2-2915-6275

出版日期	2015年10月　BOD一版
定　　價	230元

版權所有・翻印必究（本書如有缺頁、破損或裝訂錯誤，請寄回更換）
Copyright © 2015 by Showwe Information Co., Ltd.
All Rights Reserved

Printed in Taiwan

國家圖書館出版品預行編目

晚安台北：木焱詩集 / 木焱著. -- 一版. -- 臺北市：釀出版, 2015.10
面； 公分
BOD版
ISBN 978-986-445-050-3(平裝)

851.486 104017259

讀者回函卡

感謝您購買本書，為提升服務品質，請填妥以下資料，將讀者回函卡直接寄回或傳真本公司，收到您的寶貴意見後，我們會收藏記錄及檢討，謝謝！

如您需要了解本公司最新出版書目、購書優惠或企劃活動，歡迎您上網查詢或下載相關資料：http:// www.showwe.com.tw

您購買的書名：____________________

出生日期：______年______月______日

學歷：□高中（含）以下　□大專　□研究所（含）以上

職業：□製造業　□金融業　□資訊業　□軍警　□傳播業　□自由業

□服務業　□公務員　□教職　□學生　□家管　□其它______

購書地點：□網路書店　□實體書店　□書展　□郵購　□贈閱　□其他

您從何得知本書的消息？

□網路書店　□實體書店　□網路搜尋　□電子報　□書訊　□雜誌

□傳播媒體　□親友推薦　□網站推薦　□部落格　□其他______

您對本書的評價：（請填代號　1.非常滿意　2.滿意　3.尚可　4.再改進）

封面設計____　版面編排____　內容____　文／譯筆____　價格____

讀完書後您覺得：

□很有收穫　□有收穫　□收穫不多　□沒收穫

對我們的建議：____________________

____

____

____

請貼
郵票

11466
台北市內湖區瑞光路 76 巷 65 號 1 樓
秀威資訊科技股份有限公司 收
BOD 數位出版事業部

……………………………………………………………………………………

（請沿線對折寄回，謝謝！）

姓　　名：__________　年齡：______　性別：□女　□男

郵遞區號：□□□□□

地　　址：__________________________

聯絡電話：（日）__________（夜）__________

E-mail：__________________________